Veüe et perspectiue du partaire deau du Jardin et Canal de Versailles —

LE CAROUSEL DES COVLEVRS:

FAIT A COPENHAGUEN
le 18. Aoust 1671.

A SON EXCELLENCE MONSEIGNEUR LE COMTE ANTOINE D'OLDENBOURG.

ONSEIGNEUR,

Je ne sçaurois assez témoigner à V. E. combien je luy suis redevable de la bonne opinion qu'elle a euë de moy, jusqu'à persuader à une grande Reyne que je trou verois une devise assez belle pour mettre sur les Escus de ses Chevaliers en un Carousel. Quelque incapable que je fusse de cét honneur, je voulus répondre à celuy que V. E. me faisoit, & je me forçay pour trouver quelque chose qui convint à la Generosité que cette Princesse devoit representer, & au Lion qui en devoit estre l'emblesme.

V. E. sçait comme quoy cette feste fut resoluë, & c'est inutilement que je luy en fais le Recit. Mais sans doute que beaucoup de gens vous en demanderont des nouvelles, & ce vous seroit, MONSEIGNEUR, une trop grand fatigue, si à chaque fois il vous en faloit dire toutes les particularitez. C'est donc pour en épargner la peine à V. E. que je décris une si brillante journée, où une illustre Reyne, deux Princesses Royalles, avec celle de deux Ponts, en partagerent la gloire, & en furent le plus bel ornement.

La Princesse Electorale de Saxe, qui estoit depuis quelque temps à la Cour du Roy son frere, estant un soir avec luy & la jeune Reyne chez la Reyne-Mere, dans la conversation on vint à parler des Couleurs. La Reyne dit que le Bleu estoit son inclination. La Princesse de Saxe dit que le Vert estoit la sienne. La Reyne-Mere appuya son sentiment, & le Roy adjoûta qu'il s'en rendoit le protecteur. Cette aveugle complaisance qu'on a d'ordinaire pour les Monarques au milieu de leur Cour, n'eut point d'effet en cette occasion ; car la charmante Princesse Vilhelmine dit fort hautement que la Couleur de Feu estoit la plus belles de toutes, & qu'encore que le mestier des Armes ne fût pas à son usage, elle maintiendroit une lance à la main que sa couleur estoit incomparable. Le Prince George ſon frere fut de ſon avis, & s'offrit d'eſtre ſon Chevalier. La Princeſſe de deux Ponts ayant pris la parolle dit, que l'Amarillis, ou la Couleur de Chair, par ſon éclatante douceur meritoit bien que l'on priſt ſon party, & qu'elle ſe declaroit pour elle. Le jeune Comte de Chack luy dit, Princeſſe vous ne ſerez pas ſeule à la deffendre, & ſi vous me voulez accepter pour voſtre Chevalier, j'oſe eſperer que vous ne vous repentirez point de l'honneur que vous me ferez. Le Comte d'Oldenbourg ſe tournant alors vers la Reyne luy dit, Madame, le reſpect m'a juſqu'icy empéché d'offrir mon ſervice à V. M. mais je la ſuplie de ne me pas refuſer la gloire de ſoûtenir avec elle, que le Bleu eſt la plus belle couleur du monde. La Reyne luy répondit fort obligeamment, Comte, vous m'avez prevenuë, & mon deſſein eſtoit de confier, comme je fais, à voſtre valeur la reputation de la Couleur que j'ayme. La partie fut ainſi liée, & chacun ſe choiſit vn ſecond. Le Roy prit pour le ſien le Comte de Guldenleu. La Reyne dans la foule des Courtiſans apella celuy qui avoit eſté le dernier Gouverneur du Prince, pour eſtre le ſecond de ſon Chevalier. Le Prince prit le Baron de Vvinterfeldt pour le ſien. Il en faloit un pour le Comte de Chack, mais entre tous ceux qui s'offrirent, un vieil Avanturier qui avoit acquis beaucoup de gloire dans les Carouſels obtint la preference, & la Princeſſe de de deux Ponts creut qu'un Guerrier accoûtumé à vaincre ne pourroit eſtre vaincu.

Le Roy voulut faire de cette galanterie un Carouſel dans les formes, mais le depart de la Princeſſe de Saxe eſtoit trop proche, & ne ſe pouvoit differer, en ſorte qu'il falut reduire la chose & se contenter que la Reyne & les Princesses auroient chacune deux Chevaliers, & un Escuyer pour mener leurs Chars.

Peu de jours aprés le Comte de Guldenleu, qui donnoit le Bal chez luy où toute la Cour estoit, fit lecture de la part du Roy d'un Cartel de deffi à tous ceux qui devoient proteger les Couleurs. Il estoit en ces termes.

LE CHEVALIER DE DIANE.

A vous genereux Chevaliers,
Qui cherchez les perils sur la Terre, & sur l'Onde,
Et faites retentir le monde
Du bruit de vos Exploits guerriers:
Pour le Vert que mon bras protege,
Je vous fais offrir ce Cartel,
Où je maintiens que seul il a le privilege
D'avoir un éclat immortel.
Qui de vous donc ose entreprendre
Le party d'une autre Couleur,
Qu'il sçache que pour la deffendre
Il se doit munir de Valeur,
D'Escu, de Cheval, & de Lance;
Et que dedans un Champ ouvert,
Je soûtiendray par ma vaillance
Qu'il n'est rien si beau que le Vert.

LE COMTE D'OLDENBOURG.

J'accepte le Cartel, & pretends à la gloire
De faire triompher le Bleu;

Et gagnant ſur le Vert une entiere Victoire,
Dompter l'Amarillis, & la Couleur de Feu.

LE PRINCE GEORGE.

Il ſuffit que ma chere Sœur
Pour l'éclat du Feu s'intereſſe;
Et pour eſtre ſon deffenſeur
Je n'auray pas beſoin de toute mon adreſſe.

LE COMTE DE CHACK.

Moy, pour l'Amarillis je prendray le Harnois,
Et je pretends faire connaiſtre
Par le premier de mes Exploits,
Que je n'en feray point qui ne ſoit coup de Maiſtre.

Toute l'Aſſemblée trouva le défi bien galland, & les promptes réponſes auſſi, tellement que le reſte du ſoir on ne parla d'autre choſe.

Le jour eſtant arrivé que l'on devoit vuider ce beau different, tout fut preparé dans le Manege du Roy, qui eſt propre & ſpacieux. Les lieux ordonnez pour les Juges du Camp, & pour toutes les Dames, furent tendus de belles Tapiſſeries. On permit à toutes perſonnes, de tout Sexe, & de toutes Conditions, d'en eſtre Spectateurs, & les Gardes furent ſi bien poſtez que la multitude du Peuple n'incommoda point. Sur les quatre heures aptés midy d'un fort beau jour, le Roy entra dans le Camp, ayant à ſa gauche le Comte de Guldenleu ſon ſecond. Ils eſtoient tous deux armez & habillez à l'antique, avec des Corcelets verts & argent: La

Cotte d'Arme, & les Manches de brocard vert à fonds d'argent, le Casque ouvert, tout ombré de Plumes vertes & blanches. Ils montoient des Chevaux bais richement enharnachez des mesmes couleurs, & dont les crins, les brides, les poitrails, & les croupieres estoient garnis en confusion de rubans verts & blancs. Celuy du Roy sembloit connoistre qu'il portoit un grand Prince, car il paroissoit fier & obeïssant tout à la fois, montrant par son adresse qu'il n'estoit pas indigne de cét honneur. Enfin pour un Soûtenant comme ce Heros, on ne pouvoit pas trouver un Second qui meritast mieux de l'estre que le sien, tant par la bonne mine, que pour l'adresse & la valleur. Ils avoient tous deux l'Escu au bras, où l'on voyoit un dart lancé par un bras qui sortoit d'un nuage avec ce mot, *Inévitable :* Et portoient la Lance en larest.

Ils estoient suivis des Chevaliers de la Renommée, qu'on voyoit armez & equipez de la mesme maniere que ceux de Diane, excepté que leurs Cotte d'Armes, manches, plumes & rubans estoient de Couleur de Feu, avec de l'argent par tout où leurs armes & leurs vestements en pouvoient souffrir. Leurs Escus estoient ornez des chiffres de la Princesse Vilhelmine que la Renommée portoit dans la banderolle de sa Trompette, avec ces mots;

Ie ne parle que d'elle.

Les Chevaliers de la Generosité marchoient aprés avec des Cuirasses d'or: La Cotte d'Arme & les manches bleuës, avec de l'or; le Casque couvert de Plumes bleuës, les Rubans & les Harnois tres-riches de la mesme couleur: Ils portoient dans leurs Escus un Lion qui dédaignoit

dédaignoit un petit chien, & regardoit fierement un Tigre, avec ce vers,

De foibles ennemis sont indignes de moy.

Les Chevaliers de la belle Affricaine parurent les derniers, qui faisoient briller en tout leur equipage, l'argent, la Couleur de Chair, & le blanc; sur leurs Escus estoit un Soleil qu'on voyoit malgré un nuage qui s'efforçoit de l'obscurcir avec ces parolles,

Rien ne me peut cacher.

Cette entrée se fit au bruit des Timbales, & au son de douze Trompettes: Les Chevaliers firent le tour du Camp, aprés quoy ceux de Diane en occuperent l'endroit le plus considerable: Les autres se posterent devant eux, & furent quelque temps en cette posture, puis ils quitterent leurs Lances & leurs Escus, & firent manier leurs Chevaux avec tant d'adresse & de grace, qu'on ne pouvoit rien souhaiter de mieux, particulierement ceux de Diane & ceux de la Renommée.

En verité je voudrois bien
Dire l'agreable maintien,
L'air, le port, la mine & la grace,
Que l'on admire en ce grand Roy;
Mais cette matiere me passe,
Il faut pour en parler bien d'autres gens que moy.

Quelque temps aprés ces illustres Chevaliers reprirent leurs Escus & leurs Lances, & sortirent du Camp comme ils y estoient entrez, & furent querir la Reyne & les Princesses qui devoient estre de la partie. Peu apres on veid revenir dans le Camp cette belle Troupe au bruit des Timbales & des Trompettes, & si l'on avoit esté agreablement surpris de la pompeuse entrée de ces huit Chevaliers, on fut éblouÿ au spectacle charmant de la Reyne & des Princesses. Celle de Saxe qui representoit Diane, & protegeoit le Vert, estoit habillée, & Armée comme son Chevalier; avec cette difference que son Corcelet & son Habillement de teste estoient tous brillants de perles, & d'émeraudes, & qu'elle en avoit une au milieu du sein, avec une pendeloque d'une grosseur prodigieuse. Cette Princesse estoit dans un petit Char magnifiquement beau, tiré par deux Chevaux bais, dont les Harnois répondoient à la richesse du Char, & conduits par un Escuyer vestu comme les Chevaliers.

La Reyne qui representoit la Generosité, & protegeoit le Bleu, estoit dans le mesme equipage que ses Chevaliers: mille Turquoises entourées de Diamants éclatoient sur toute sa personne, & son Char, pareil à celuy de Diane pour la structure, estoit un ouvrage de relief doré sur un fond d'azur. Bien que cette belle Reyne fût sur le point de donner aux Danois un fruit qui fait toutes leurs esperances, cela ne parut point, & ne diminua rien de la grace avec laquelle elle fit ses courses.

La Princesse Vilhelmine, qui representoit la Renommée, & protegeoit la Couleur de Feu, n'estoit ny moins belle, ny moins richement parée que les autres. Son Corcelet estoit brodé d'or & d'argent par écailles sur de la Couleur de Feu, avec des Rubis & des Diamants par tous les endroits qui marquent la taille; & ses plumes & le reste de son equipage estoit conforme à ses vestements; mais la Beauté & l'enjouëment naturel de cette Princesse la faisoit briller d'un éclat qui surpassoit celuy de toute sa parure.

La Princesse de deux Ponts, protectrice de l'Amarilis, armée & parée de cette Couleur & de blanc, ferma ce beau Cortege, & ne fut en rien differente en éclat, en propreté ny en magnificence, aux autres, & qui avec une taille avantageuse luy donnoit beaucoup de Majesté. Toutes ces belles Personnes avoient leurs Chevaliers qui marchoient à leurs costez, & portoient comme elles la Lance appuyée sur la cuisse & l'Escu au bras. Cette derniere, qui representoit l'Affrique, avoit en entrant un masque noir aussi bien que ses deffenseurs, qu'ils quitterent aussi-tost qu'elle sans le reprendre. Quand cette illustre Troupe se fut postée, les Chevaliers quitterent leurs Lances pour faire des courses à l'Italienne en cette sorte.

Le Chevalier de Diane defie celuy de la Renommée, tenant son Escu de la main droite par une de ses couroyes, faisant des caracoles; l'autre le suit toûjours jusqu'à ce que l'Apellant entre tout d'un coup à bride abatuë dans une Carriere, & passant son Escu pardessus sa teste, il s'en couvre le dos, & celuy qui le suit au milieu de la Carriere, luy jette une boule de terre grosse comme le poing qui se casse sur l'Escu. Ils fournissent tous deux la Carriere, & l'Apellant ayant remis son Escu à son bras gauche devient l'Apellé, poursuit l'autre, & luy jette une boule comme il luy en avoit jetté, & continuent ainsi alternativement chacun trois fois sans cesser de courir. Les seconds en font autant dans une autre Carriere en mesme temps.

Quand ces quatre Chevaliers eurent finy leurs courses, ceux de la Generosité & de la belle Affriquaine en firent aussi, & s'ils differerent en quelque chose aux autres, ce fut de fort peu, principalement les Comtes d'Oldenbourg & de Chack s'en acquiterent avec une grace peu commune.

Ces courses ne furent pas plûtost finies que le fameux Chevalier de Diane fit lire par son Second aux Dames & à leurs Chevaliers le manifeste suivant en faveur du Vert.

DIANE.

CEdez fades Couleurs, cedez vaines rivales,
Vous avez assez fait de m'oser disputer
Avec des forces inégales
Le prix que ma Couleur doit sur vous emporter:
Que sert au Bleu d'avoir la douceur en partage,
De servir aux Roys d'ornement?
De la Constance d'un Amant
Rendre un asseuré témoignage;
Puisqu'un Rays du Soleil a sur luy l'avantage
D'effacer tout son agrément?

Ce que je dis du Bleu, je le dis d'Amarile;
Cette Couleur de Chair, qui marque la pudeur,
Se passe en un moment, sa deffaite est facile,
Ou, pour en mieux parler, n'est pas une Couleur:
Celle de Feu sied mieux à tout le monde,
Elle pare aussi bien la Brune que la Blonde,
Mais de toutes les deux fait trop voir la rigueur;

Le Feu n'eſt beau que deſſus une bouche ;
Et je veux avoüer qu'en cét endroit il touche
Un Amant juſqu'au fond du cœur.

Le Vert n'a point de part aux beautez d'un viſage,
Ainſi qu'en a le Bleu, le Feu, l'Amarilis,
Qui par un composé de Roſes & de Lys
Fait de cent traits divers un charmant aſſemblage :
L'Email de ces vives couleurs
Ne dure pas plus que celuy des Fleurs,
Un ſoir & deux matins finit ſa deſtinée ;
Mais le Vert plus heureux, comme auſſi le plus beau,
Ne verra point la ſienne terminée,
Qu'au moment qui mettra l'Univers au tombeau.

Eſt-il rien plus charmant en toute la Nature ?
Eſt-il rien de plus beau que de voir tous les ans
Renaiſtre avecque le Printemps
L'aymable éclat de la verdure ?
Si-toſt qu'elle en reveſt la Campagne, & les Bois,
Diane, auſſi bien que les Roys,
Y va goûter mille delices ;
Et quand cette Couleur ne s'y rencontre pas,
La Chaſſe, le plus cher de tous ſes exercices,
Eſt incommode & ſans appas.

L'eſpoir de tous les biens que l'on gouſte en la vie,
Se preſage par ma Couleur ;
Et rien n'eſt comparable avecque la douceur

De voir d'un plein effet l'esperance suivie:
Dés qu'un Amant sçait soûpirer,
S'il desire, il sçait esperer,
Cette douce Vertu modere sa souffrance,
Elle fait sa felicité;
Et c'est en vain qu'on a de la fidelité
Quand on est privé d'esperance.

Cedez donc, Couleurs, à la mienne,
Et vous mes genereux Guerriers,
Faites moy vostre Cour, que rien ne vous retienne:
Et meritez si bien d'estre mes Chevaliers,
Que vos fronts soient toujours couronnez de Lauriers.

Il s'éleva aussi-tost un murmure qui sembloit promettre à cette Déesse un Triomphe sur toutes les autres Couleurs; mais cela n'empécha pas que la Generosité ne fît lire par le Second de son Chevalier un manifeste pour le Bleu, qui fut en ces termes.

LA GENEROSITE'.

J'Entreprends la juste deffence
De l'illustre Couleur à qui tant de grands Roys
Ont sceu donner la preference,
Lors qu'entre les Couleurs d'Elle ils ont fait le choix:
L'Ordre de l'Elephant, celuy de la Jartiere,
Me donnent assez de matiere
Pour faire avoüer que le Bleu,

Par son heureux rapport à la Couleur Celeste,
Le doit emporter sans conteste
Sur le Vert, l'Amarile, & la Couleur de Feu.

Pour faire voir toute la gloire
De l'éclatant aZur qui nous paroist aux Cieux,
Je n'ay qu'à le montrer comme il est en mes yeux,
Et soudain il emporte une plaine victoire:
Parlez, Amants, vous le sçaveZ,
Vous qui chaque jour éprouveZ
Ce que peuvent les traits des yeux bleus d'une Belle,
De qui la puissante douceur
Vous fait prendre aussi-tost cette aymable Couleur,
Pour montrer qu'en l'aymant vous luy serez fidelle.

Mes Lions sçauront maintenir
Que toutes les Couleurs me doivent rendre hommage,
Quoy qu'elles veüillent soûtenir
D'avoir un égal avantage,
Au glorieux appuy que luy fait mon courage:
Par cette Generosité,
Qu'acompagne par tout mon illustre fierté,
Je veux montrer au Bleu que je luy suis fidelle;
Mais enfin si quelqu'un est engagé par foy
Pour quelqu'autre Couleur de faire voir son Zele,
Qu'il sçache qu'en cette querelle
De foibles ennemis sont indignes de moy.

Quoy qu'on euſt preſumé à l'avantage du Vert, le Bleu fit ſuſpendre les Jugements juſqu'aprés le Combat.

La Renommée par le manifeſte qu'elle fit lire, & que vous allez voir en faveur de la Couleur de Feu, donna de la peine aux Juges; en voicy les parolles.

LA RENOMME'E.

CE n'eſt pas d'aujourd'huy que mõ bras triomphant
Sçait l'art d'acquerir de la gloire,
Et qu'au party que je deffend
Je fais obtenir la victoire:
Tel eſt de mon deſtin le renommé pouvoir,
Qu'auſſi-toſt que je me fais voir,
Il n'eſt point de Heros qui ne rende les armes;
Et lorſque j'entreprends de combattre le Bleu,
Le Vert, l'Amarilis, & ce qu'ils ont de charmes,
J'aſſeure un plein Triomphe à la Couleur de Feu.

Auſſi n'eſt-il rien de plus beau
Que ce vif empourpré dont ſa couleur éclatte,
Un Amant dans ſon Feu ſe flattte,
L'Amour le porte en ſon flambeau,
Le Ciel en arme ſon Tonnerre,
Il ſert aux Conquerans pour leurs exploits de guerre,
Et le Soleil en ſon retour,
Quand il eſt ſur le point de cacher ſa lumiere,
Fait briller d'un beau Feu le bout de ſa carriere,
Pour conſoler nos yeux de la perte du jour.

Qu'il est puissant ce Feu dans les yeux d'une belle;
Quand par de doux regards, & d'invincibles traits,
Il embraze un cœur pour jamais,
Qui promet aussi-tost une ardeur eternelle:
C'est encor par le Feu brillant,
Qu'on estime le Diamant,
Dont la beauté n'a point d'égale;
C'est ce Feu qu'on n'ose toucher,
Et qui par sa nature avare & liberale
Sçait convertir en Or le centre d'un Rocher.

Que l'on ne s'estonne donc pas,
Si dans ma course vagabonde
Je veux publier les appas
D'une Couleur, à mon gré, sans seconde:
Ie parts pour le dire aux Germains,
Et si je le pouvois dire à tous les humains,
Ma gloire seroit consommée:
Mais le jeune Heros qui soûtient aujourd'uy
Une si juste Renommée,
Sera de sa beauté le plus solide appuy,
Puisqu'aussi bien que moy son ame en est charmée.

On ne sçavoit ce que la Couleur de Chair pourroit dire contre les autres, veû qu'elle ne sembloit pas avoir les mesmes avantages; mais vous verrez par le discours suivant qu'elle ne manque point de prerogative, puisqu'elle engagea tout le beau Sexe dans son party.

LA BELLE AFFRIQVAINE.

Qui peut vous envier le commun avantage
Dont la Nature vous partage,
Orgueilleuses Couleurs qui croyez tout avoir ?
Si je n'exprime pas la flame,
Ny la constance, ny l'espoir,
Je sçay marquer les mouvements de l'Ame.

Voyez un Amant enflamé,
Qui n'ose faire voir aux yeux qui l'ont charmé,
L'aymable peine qu'il endure :
Si-tost qu'il est contraint, par une tendre ardeur,
De parler de sa chere & charmante blessure,
Son discours amoureux excite la pudeur,
Qui n'est autre que ma Couleur.

C'est seulement aux belles Ames
Qu'on voit cette honneste rougeur ;
Elle est la marque de l'honneur,
Le Tresor le plus cher des Dames :
C'est ce mélange heureux de Blanc & d'Incarnat,
Qui dessus un teint delicat
Fait le grand charme d'une Belle ;
Et sans ma douce Amarilis,
Par qui les plus beaux traits sont toûjours embellis,
L'esperance, & les feux du Cœur le plus fidelle,
Seroient bien-tost ensevelis.

La Beauté fait naiſtre l'Amour,
Le Teint d'une Beauté fait ſa force ſupreſme;
Sans un tel avantage elle ayme peu le jour,
Mais en le poſſedant ſon pouvoir eſt extreſme:
C'eſt mon éclat qui fait aymer,
Et jamais un Amant ne ſe lairoit charmer,
Si ma Couleur manquoit à ce qu'il ayme.

Je ſçauray maintenir mon aymable Couleur
Mieux que la fauſſe horreur qu'on voit ſur mon viſage,
Qui ne m'oſte pas l'avantage
D'eſtendre mon empire avec aſſez d'honneur:
Je ne ſuis pas encor ſi noire que je ſemble,
La Nature en mon ſein tant de beautez aſſemble
Que je n'y puis rien deſirer;
Et quant aux efforts de mes armes
Je joindray de mes yeux le pouvoir & les charmes,
J'eſtimeray heureux qui pourra s'en parer.

Tous ceux qui entendirent ce que les Couleurs diſoient pour ſe faire croire chacune la plus belle, trouverent leurs raiſons fort gallantes. En ſuite tous les Chevaliers ſe preparerenr à la courſe de Bague, pour laquelle il y eut trois prix. DIANE & les ſiens coururent enſemble de front dans trois Carrieres, & firent bien voir par leur debut qu'il ne ſeroit pas aiſé de les vaincre. LA GENEROSITE' fit des courſes qui ne furent pas moins glorieuſes. LA RENOMME'E fit avoüer qu'on ne pouvoit estre plus adroite ny plus heureuse, & qu'elle seroit obligée de publier elle-mesme preferablement sa gloire par tout le monde. LA BELLE AFFRICAINE fit la sienne avec tant de grace que toute l'Assemblée murmura du malheur qu'elle eut de ne pas emporter la Bague cette premiere fois Enfin ces quatre belles Rivales, avec leurs Chevaliers, coururent chacune neuf fois, aprés quoy on distribua les prix. Le plus beau & le premier fut emporté par la Renommée, qui auroit fait triompher la Couleur de Feu, si Diane n'eust pas avec ses Chevaliers emporté les deux autres. La Generosité ne manqua pas une seule fois la Bague, & le Comte d'Oldenbourg, qui faisoit les plus belles courses qui se puissent voir, negligeoit visiblement de la prendre pour maintenir son Caractere jusques au bout. Pour les protecteurs de l'Amarilis, le Jeune l'emporta sur l'autre, & fit bien voir que trop d'experience n'est pas toûjours propre pour ces sortes d'exploits.

La Fortune dans les Combats,
Suit toûjours l'aymable Ieunesse,
Et suivant l'Amour pas à pas,
Pour elle seule s'interesse.

Aprés la distribution des Prix ces illustres Chevaliers firent encore quelques courses tant que le jour leur pût permettre, & puis ils recommencerent celles des Boules, qui furent tout autrement belles que les premieres qu'ils avoient faites, parce que ceux qui avoient eu l'avantage à la Bague estoient enflez de gloire, & les autres voulurent reparer en celles-cy, ce qu'ils y avoient eu de malheur. Ces courſes de Boules furent recommencées trois fois, à la fin deſquelles, le Roy qui montoit un Cheval bay de moyenne taille parfaitement beau, & encore plus adroit, le fit mettre à genoux devant ſa Divinité, & en ſuite devant les autres, avec une grace qui ne ſe peut exprimer. Et ces Chevaliers ayant repris leurs Lances, ſe rangerent au tour de leurs Dames, & precedez de douze Trompettes avec les Timballes ils firent le tour du Camp, baiſſant le bout de leurs Lances pour ſaluër les Juges. Ils ſortirent au meſme ordre qu'ils eſtoient venus, & furent en cét equipage chez la Reyne-Mere, qui par l'auſterité de ſon deüil n'avoit pû voir cette Feſte. Le Grand Maréchal du Royaume luy fit un recit exact de tout ce qui s'eſtoit paſſé au Carouzel, & nomma ceux qui avoient emportez les prix, qui les mirent aux pieds de cette vertueuſe Princeſſe, luy diſant, qu'ils luy remettoient leurs avantages, & ne vouloient de gloire que ce qu'elle voudroit leur en départir. Cette auguſte Reyne regardant alors la jeune & belle Princeſſe Ulrique, luy dit; Ma fille, vous avez bien voulu preferer ma compagnie au plaiſir de cette brillante Journée, pour vous en recompenſer je vous fais l'Arbitre de ces belles Concurrentes & de ces braves Chevaliers. Vous avez entendu le rapport que le Grand Maréchal m'a fait de leur adreſſe, prononcez donc, & par un Arreſt equitable, faites voir voſtre Juſtice, & que vos ſentiments ſont les miens. Cette jeune Princeſſe ayant remercié la Reyne ſa Mere de la grace qu'elle luy faiſoit, ſe tourna vers nos Heros, & leur dit,

Jugement de la Princeſſe Ulrique Eleonor, ſous le nom de la Deeſſe Iris.

DIane, Generoſité,
Illuſtre Renommée, & vous belle Affricaine,
Vous braves Chevaliers, qui des mains de ma Reyne
Voulez pour vos Couleurs le prix de la Beauté;
Je ne ſçay pas trop bien ſi j'oſe
Vous dire de moy quelque choſe,
Mais j'ayme toutes vos couleurs;
Rien n'eſt plus charmant à la veuë,
Et j'en ſuis toûjours reveſtuë
Quand je parois au Ciel, & qu'il verſe des pleurs.

Je ne vous dis point qu'un viſage
Tire toûjours quelqu'avantage
Des Couleurs, quand il ſçait l'Art de s'en bien ſervir:
Le Vert comme le Bleu n'eſt pas pour tout le monde;
Mais il faut avoüer qu'on ne doit point ravir
L'empire des Couleurs à la Blanche & la Blonde.

Je n'en trouve point de plus belles
Entre toutes, que celles
Que vous protegez en ce jour:
Elles ont des appas, & le ſecret de plaire,
Et toute autre au contraire
N'a preſque point de part aux myſteres d'Amour.

Mais quand il faut entre vous quatre
Iuger qui de vous tous a sceu le mieux combatre,
Et qui doit emporter le prix;
Aprés ce qu'en ont dit les Juges,
Si les vaincus en moy trouvoient quelques refuges,
Ce seroit de leurs voix faire trop de mépris.

Cependant mon ame se range,
Sans rien faire de genereux,
Dans le party des malheureux,
Et n'en veux aucune loüange:
Ie contente en ce point mon inclination
Qui porte au Bleu ma passion,
Comme à l'Amarilis, quoy qu'en dise l'envie;
De ces douces Couleurs le sort est glorieux,
Et je les veux porter tout le temps de ma vie,
Bien que l'autre party soit le victorieux.

Comme on sçait que le Vert l'emporte sur le Bleu,
Que l'Amarilis cede à la Couleur de Feu,
Le Feu le doit ceder à l'aymable Verdure:
Si le Feu fait des biens, il cause bien du mal;
Mais le Vert n'est jamais fatal,
Et predit tous les dons que nous fait la Nature.

La Princesse ayant cessé de parler, toute la Cour admira la grace qu'elle avoit euë à le faire, & le tour qu'elle avoit donné à son discours. Personne n'appela de son

Arreſt, Elle rendit à Diane les Prix qu'elle avoit m aux pieds de la Reyne-Mere, & à la Renommée celu qu'elle avoit merité par ſon adreſſe, & ces illuſtres Ri vales furent toutes ſatisfaites; les Chevaliers le furen auſſi, & les Seconds n'eurent pas lieu de ſe plaindre.

Voila, MONSEIGNEUR, ce que j'ay creû devoir V. E. & je la ſupplie de pardonner la foibleſſe de mo ſtile, & ſi j'ay mal exprimé la Generoſité d'un des plu genereux Seigneurs qu'il y ait ſur la Terre. Je n'o preſque dire que c'eſt V. E. de peur de faire ſouffrir ce te meſme Generoſité, qui ceſſeroit de l'eſtre ſi elle pou voit écouter ſes Eloges ſans rougir. Je ne mettray poin la voſtre à cette épreuve, il ſuffit que je la connoiſſe que je la revere; c'eſt ce que je veux faire tant que je vi vray avec autant de reſpect que je ſuis, &c.

www.ingramcontent.com/pod-product-compliance
Ingram Content Group UK Ltd.
Pitfield, Milton Keynes, MK11 3LW, UK
UKHW020229200726
13856UKWH00004B/1666